누구나 낭만

누구나 낭만

일상을 다르게 보면
발견되는 행복들

글 · 그림 윤서주

이담
Books

대학에 갓 입학했을 때 오랫동안 꿈꿔왔던 밴드부에 들어갔다. 그곳에서 사람들과 웃고, 떠들고, 술 마시고, 공연하고, 사랑하고, 여행 가고, 그런 것들이 좋았다. 생각해보면 그때는 뭐가 그리도 좋았을까?

아무런 대가를 바라지 않아서 좋았다. 순수한 열정이 좋았다. 마음 가는 대로 행동해서 좋았다. 많은 고민을 하지 않아서 좋았다. 단순 명쾌해서 좋았다. 좋으면 좋다고, 싫으면 싫다고 말할 수 있어서 좋았다. 선배에게 혼난 후 동기들끼리 술 마셨던 게 좋았다. 공연 직전 분주하게 무대를 세팅하던 긴장감이 좋았다. 그리고 마침내 긴장 속에서 공연했던 날들이 좋았다. 여행 가서 선배들과 기타 치며 놀던 날들, 사랑했던 날들, 그런 날들이 참 좋았다.

이처럼 순수한 열정은 강렬한 낭만의 기억을 선물해주었다. 봄바람이 불면 그때 생각이 나고, 노래를 들으면 그때 생각이 나고, 학교를 보면 그때 생각이 나듯, 나에게는 그 시절 모든 것이 첫사랑이었다.

　　그래서 그런가, 때로는 그 기억이 아련하게 다가온다. 일본이 버블경제를 겪기 전에 행복한 순간을 만끽했던 것처럼, 그 시절은 영원히 잃어버린 무언가 같았다. 그때와 같은 낭만을 또다시 느낄 수 없을 것 같았다. 고민과 불안은 낭만을 단숨에 앗아갔고, 대신 안정과 정착이라는 이름을 선물해주었다. 순수한 열정은 낭만을 선물해주었지만 나를 먹여 살리지는 못했기에, 무언가를 얻고, 동시에 무언가를 잃었다. 그렇다. 삶을 책임져야 하는 어른이 되어버린 것이다.

졸린 눈으로 컴퓨터 모니터를 보며 마우스를 딸깍거린다. 일하는 게 즐겁지 않다. 하루하루가 아무런 감흥도, 감동도 없다. 이런 삶은 양계장에 갇혀 자유를 잃은 무기력한 닭과 전혀 다를 게 없었다. 그 닭은 결국 불금에 걸맞은 치킨이 되어 누군가의 기쁨조로 활약하겠지. 권력에 굴복하는 일만큼 굴욕적인 일이 또 있을까? 하지만 나는 가끔 그런 굴욕감을 느낀다. 올라오는 짜증을 토해낼 겨를도 없이 재빨리 삼켜낸다. 그리고 그 짜증은 무거운 돌덩이처럼 예민하게 신경을 건드린다. 언제까지 이렇게 뜨거운 한숨만 몰아쉬어야 할까. 이런 인생을 반복할 자신이 없다. 하지만 이런 인생을 벗어날 자신도 없다. 생각의 딜레마는 계속해서 저울질을 반복하며 답을 찾아내려 한다. 그러나 인생이 답답한 이유는 답이 없어서가 아닌가. 답이 없는 것이 인생이라면 내가 진정으로 하고 싶은 일을, 내가 진정으로 원하는 장소를, 내가 진정으로 원하는 사람을 만나는 게 중요하다고 생각했다.

누군가는 (불안한 사회 속에서) 낭만은 사치라고 한다. 나는 그 말을 반은 동의하고, 반은 동의하지 않는다. 왜냐하면 나는 아직도 그때가 그립기 때문이다. 살아있음을 온몸 구석구석 느낄 수 있었던 그때가, 많은 고민이 필요 없었던 그때가 말이다.

나를 살아있게 하는 정서는 성취도, 봉사도, 권력도 아닌 '낭만'이었다. 그래서 일상 속의 낭만을 실천해보기로 했다. 매일매일 살아가는 것은 지금, 현재, 여기의 일상이니까, 아주 사소한 낭만도 게을리하지 않기로 했다.

목차

Chapter 2 ⋯

자연과 낭만

자연을 음미하며 발견하는 아름다움

사랑과 낭만 1

사랑의 씨앗을 심는 순간들

Chapter 4 ···

사랑과 낭만 2
사랑이 꽃피는 순간들

Chapter 5

예술과 낭만

예술을 빼놓고 낭만을 논하지 말라

일상을 탐색하면 발견되는 행복들

chapter 1

일상과 낭만

01
진짜 가난

누군가 그랬어
낭만은 가난으로 가는 지름길이라고
그러자 엄마는 이렇게 말했어

"돈이 없다고 마음마저 가난해선 안 되지"

<u>02</u>

아이러니

사람들은
아는 게 많으면 많을수록
좋은 건 줄 알지만,

정작 우리는
멋모르던 그 시절을
그리워하고 있다.

03
예상을 깨는 행복들

만 원으로 위장한 광고지

아스팔트 위에 놓인 초록 잎

모르는 사람의 사랑 고백

미로에서 만난 토끼

누군가의 추천곡

처음 보는 산책길

챙겨간 우산이 짐이 되는 화창한 날씨

이불에 배어있는 섬유유연제

촉감이 좋은 인형과 잠옷

여행 중 우연히 발견한 맛집

세 번째 자작곡

반짝이는 것

여담이 많은 사람

아기자기한 소품 숍

마시기 아까운 예쁜 음료

마음을 관통하는 좋은 음악

옷발이 잘 받는 날

길거리의 고양이

크리스마스 직전의 분위기

봄바람

5월의 초록 잎

거리에서 들리는 기타 소리

따뜻한 녹차와 달콤한 디저트

화를 내지만 전혀 무섭지 않은 사람

평범한 날에 건네는 꽃다발

4 호선 열차

"열차에 탑승하고 계신 여러분들,
오늘 하루도 즐거운 하루 보내세요.
사람이 모두 행복할 수는 없겠지만,
이 열차에 타고 계신 여러분만큼은
모두 행복하고 평안하시길 바랍니다.
감사합니다."

2019년 11월 28일 9시 17분
4호선 열차 안에서

<u>05</u>

多喜

비좁고 어두웠던
칵테일바
모르는 사람들이
한가득 옹기종기 모여 있고

조금은 촌스러운 벽지와
시간을 거스르듯
흘러나오던 옛날 음악

막무가내 사장님은
첫 잔은 무조건 테킬라라며
선택할 기회조차 주지 않고

황당한 상황에 웃는 손님들과
뻔뻔하게 맞장구치던 사장님

그래, 어떻게 인생을 맨정신으로만 살아
제정신이 아닌 세상 속에서
어떻게 제정신으로만 살아

혼잣말을 중얼거리며
웃는 손님 따라
나도 모르게 웃음이 터져 버렸다

휴식의 의미

내가 가장 하고 싶은 것은
아무것도 안 하는 거야

아무것도 안 한다는 건
잠들지 않아도
아무 생각 없이
있을 수 있는 거야

그거야말로 진정한 휴식이지
아무런 걱정 없는 상태 말이야

파란불

드디어 마음에
파란 불이 켜졌다.

08
강아지의 사랑법

당신은 나의 우주에요
당신은 나의 세계에요

그래서 당신은 나의 전부에요

고양이의 사랑법

오늘도 힘든 하루였군요
지친 발걸음과 때 묻은 한숨이
오늘따라 눈에 띄어요

사람들은 시답잖은 것들로
뒤에서 욕하고,
윽박지르고,
변덕스럽고,
소란스럽기까지 하죠

그런데 그거 아시나요?

저에겐 당신이
내 털을 부드럽게
쓰다듬는 것만으로도
당신을 좋아할 이유가
충분하다는 사실을요

저는 그저 당신 곁에 있을게요
당신이 어떤 모습이든
당신이 어떤 사람이든

그러니 당신도 내 곁에만 있어 줘요
꼭 그래 줘야 해요

<u>10</u>

국수

마음이라는 녀석도 후루룩 먹기 좋은 국수처럼
아무런 걸림이 없으면 얼마나 좋을까.

11

길고양이

"야옹~"

잠든 이를 깨우는
방울처럼 맑은 울음

색채 없는 거리가
네가 있으면
조금은 특별해져

나는 너와 친구가 되고 싶어

12

귤잼

퇴근 후 귤잼을 만들었다.
식빵이 알맞게 구워져 적당히 아삭하고,
너무 달지 않아 입안이 개운하다.

동글동글 굴러가는 귤처럼,
모서리의 모난 마음에 좌우로 사포질을 하고 싶은,

그저 둥글게 살고 싶은 하루였다.

<u>13</u>

돌멩이

돌멩이야
이리저리 치인다고
너무 슬퍼하지 말렴

너는 내가 주웠으니
반짝반짝 다이아몬드가 될 거야

내가 이제
너의 가치를 알아줄게

14
귀여운 생물

아주 가끔 귀여운 것들이 보고 싶을 때가 있다.

이를테면 강아지라든가 고양이 같은, 비인간적이고 털 달린 그런 것들.

특히 삶이 괴팍하게 굴 때면 더더욱 그런 충동을 느끼는데,

그 속에 들어있는 해맑음과 포근함이 필요했기 때문일지도 모른다.

15
배경음악

잔잔한 호수에 떨어지는
작은 꽃잎 하나
듣기 좋은 음악이
마음속 파동을 일으키면
건조했던 일상도
하나둘씩 싹이 피어나
열차가 귀를 가로지른다

어쩌면 음악은 귀로 듣는 여행인 걸까?

<u>16</u>

투명한 기억

오후 2시의 하늘 같은
푸른 청춘(靑春)의
푸르른 봄날

10중 8할은
모닥불, 통기타, 술
실없는 소리를 주고받는
취한 베짱이들의
유쾌한 행보

갓 지은 밥처럼
만나면 든든하고
뱃속이 뜨끈해지는
그러한 기억들이 있다

그때의 기억만큼은
방부제를 한 움큼 집어넣어
썩지 않도록 보존한다

투명한 병에
투명한 기억을 가득 채워
뚜껑이 열리지 않도록

자연을 음미하며 발견하는 아름다움

chapter 2 ...

자연과 낭만

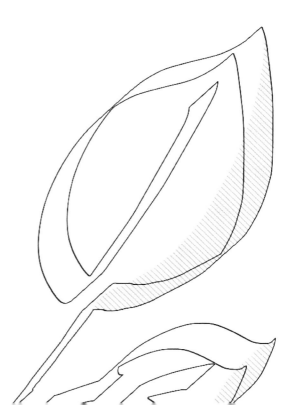

01
이름 지을 수 없는 하루

그날은 자전거를 타고 나가는 길이었다. 맑은 강물이 햇살에 비쳐 별처럼 빛나고 있었다. 물에서만 빛나는 별이니 물별이라는 이름을 지어주었다.

강아지풀이 바람에 살랑거렸다. 그 이름은 그대로 둬도 좋을 듯하여 이름을 지어주지 않았다.

사소한 것들이 보여 이름을 짓다가 하늘을 보았다. 해가 가라앉아 붉은 노을이 지고 있었다. 그리고 저 멀리 분수가 피어올랐다. 아이들은 장난스럽게 웃으며 이리저리 뛰어다녔고, 비눗방울은 둥실거리며 눈앞에 날아왔다.

한 편의 명화처럼, 이름 지을 수 없는 하루였다.

02

산천초목

가끔은 커피 대신 자연을 음미하고
아주 사소한 것들을 사랑해볼까?

평소에는 보지 않던 하늘
불어오는 바람
내리쬐는 햇볕

의미 없는
사소한 것들을 사랑하고 싶어
당장 내 곁에 있는 것들을
사랑하고 싶어

<u>03</u>

여유

한가로이 누워서
하늘을 바라본 적이 언제인가?

<u>04</u>

구름과 시간

하늘을 고요히 바라보면
의외로 구름은 빠르게 움직여요
그리고 우리의 시간도
그렇게 빠르게 움직이고 있어요

그러니 우리 오늘을 행복하기로 해요
캄캄한 밤이 찾아오기 전에
지금 이 순간 아무 걱정 없기로 해요

그리고 오늘을 내일보다
더 좋은 날로 만들어 봐요
내일보다 더 나은 오늘이 반복되면
어쩌면 매일 행복해질 수도 있지 않을까요?

그러니 우리 오늘을 낭만하기로 해요

단지 오늘만을 최고의 순간으로 만들어보아요

05

가을

마음이 서서히
물드는 계절

06

도시와 자연

회색 사이로 삐져나온 초록 잎
모두가 차갑게 식어가는 와중에도
너는 홀로
싱그러운 낭만을 유지하고 있구나

<u>07</u>

여백

구름으로 빼곡한 하늘은
아무것도 그리지 않은
도화지 같아서
구름은
하늘이라는 여백이 있을 때
선명하고 아름다운 걸지도 몰라

그래서 어쩌면
우리의 일상도
여백이 있을 때
아름다운 걸지도 몰라

08
봄

겨울이 버틸 만한 이유는
봄이 기다리고 있기 때문이야
이 고통이 버틸만한 이유도
이보다 더 추울 수는 없기 때문이야
그대의 겨울이 생각보다 길다 할지라도
봄이 올 수밖에 없는 이유

09

산책

벤치에 앉아
내리쬐는 햇볕에
몸을 맡기면
바람이 불어
머리칼이 휘날린다

그도 걷고
그녀도 걷고
아이도 걷고
노인도 걷고
강아지도 걷고
극장 안 스크린처럼
그들은 걷고
나 홀로 멈춰있다

그렇다

누군가를 기다리면
모든 풍경이 영화가 된다

유난히 사랑스러운 오후가

지나가고 있었다

<u>10</u>

마음으로 보이는 풍경

모든 것은
낭만이 될 수 있다

단지 당신이
어떻게
생각하냐에 따라서

<u>11</u>

하늘과 바다

바다가 보고 싶을 땐
곧잘
하늘을 보곤 했다

바다와 하늘이
파란색인 이유는
바다가 보고 싶을 땐
하늘을 보라는
신의 뜻일지도
모른다고 생각하며

사랑의 씨앗을 심는 순간들

chapter 3 ...

사랑과 낭만 1

01
등대

　여행계획을 짰던 날, 너는 내게 겨울에 바다는 조금 춥지 않겠냐고 걱정 어린 목소리로 물었지. 혹시 너는 어땠어? 나는 생각보다 겨울 바다가 춥지 않았는데. 왜인지는 모르겠지만, 그냥 함께 있는 것만으로도 추위를 견딜 수가 있었나 봐. 아니, 심지어는 추위를 잊을 수가 있었나 봐.

　예전의 나는 사랑이 너무나도 두려웠어. 내가 과연 누군가를 진심으로 좋아할 수 있을까, 내가 과연 다시 사랑을 시작할 수 있을까, 내가 과연 순수한 마음으로 상대를 대할 수 있을까를 매일매일 고민했어. 우리가 보았던 까만 밤바다처럼, 사랑도 겉보기엔 아름답지만, 그 속은 무척 차가울 거로 생각했어. 누군가를 사랑하려면, 상처받을 각오를 해야 한다고 생각했어.
　그런데 가만히 바다를 바라보니 그런 생각이 들었어.

빛 한 점 없이 까만 게, 나의 두려움과 많이 닮았다는 생각을.

마음에도 불빛이 있다면, 내 마음을 어지럽게 하는 불빛들을 하나둘씩 꺼버리고 싶었어. 그렇게 하면 혼란스러운 내면도 조금은 정리될지 모른다고 생각했거든. 그런데 신기하게도, 그렇게 하니까 너 하나만 반짝반짝 빛나고 있었어. 다른 것들은 별로 중요하지 않다는 듯이 말이야.

그제야 나는 너를 좋아한다고, 너와 만나고 싶다고 말할 수 있게 되었어. 넘칠 듯 말 듯 한 위태로운 감정에서 벗어나, 푹 잠길 만큼 너에게 빠져 보고 싶었거든.

아주 깊은 바닷속을 너와 함께 유영할래. 제아무리 수영이 어설픈 나라도, 너와 함께라면 많은 것들을 보고, 많은 것들을 느끼고 싶을 것 같아.
평범한 길거리도 너와 함께라면 어쩐지 여행이 될 수 있을 것 같아.

어둠 속에 홀로 빛나는 등대처럼 너만 바라볼래.

그날의 봄

그것은 단지
작은 바람 때문이었습니다

그날의 걸음은
그날의 나는
그날의 마음은
살랑하고 날아가는
아주 가벼운 깃털이었습니다

그래서 붙들고 있던 마음
깃털처럼 허무하게
바람에 날아가 버렸습니다

마음 한 점 그대에게 닿아
꼼짝없이 들켜버린 것은
단지
작은 바람 때문이었습니다

그것은 단지
작은 바람 때문이었습니다

손님

그대는 내 마음을
때때로 허락 없이
다녀가시고
그대는 내가 준 적 없는
열쇠를 가지고 있어요

그래요, 어서 들어와요
가진 거는 없지만
따뜻한 차 한 잔 정돈
기꺼이 내어드릴게요

혹시 집이 좀 춥거든
포근한 솜이불도 덮어요
아니, 시간이 늦었는데
벌써 가시려고요?
이왕 온 김에
아주 조금만 더
아니, 이번에는 좀 길게
오랫동안 머물다 가요

아주아주 오랫동안
머물다 가요

마음의 문

어라, 이상하네?

분명 튼튼하게
걸어 잠가 놓았는데

05
파동

물결이 곡선을 타고
바람에 일렁이던
감정의 파도는

때로는 부드럽게
때로는 차디차게
이곳저곳 넘나들며
넘칠 듯 말 듯
그러나 잠길 만큼 푹

너라는 한 사람은 고요히
그리고 강렬히
바람처럼 다가왔다

06
넝쿨

초점 잃은 눈빛으로
허공을 보게 되는 건
갈망에 눈이 먼 탓일까?

짙은 얼룩을 한
이유 모를
비겁함과 두려움들

한 번 자라난 생각은
넝쿨처럼 영역을 넓혀가
고요히 잠식해요

좋아해요,
당신을 좋아하나 봐요.

07

사랑에

풍당 빠져서
유영하고 싶다

오직
너에게로

08

흔적

책을 자주 보지만
잘 빌려보진 않는 이유는
책을 빌려보면
밑줄을 함부로 그을 수 없기에,

그래,
어쩌면 나는
책이든, 사람이든,
내 것이라는 흔적을 남기고 싶었는가 보다.

09

장미의 탄생

가시 같은 마음 하나가
심장을 찌르고
초연한 척 외면하기엔
마음이 거슬리고

인정하기 싫었지만
나는 너에게 반해버렸다
또다시 누군가를
사랑하게 되어버렸다

새빨간 장미꽃이
보란 듯이 기지개를 켠다

10
풋내기 사랑

너 나에게 마음이 있니?
묻고 싶었다

어, 저기 강아지다
어디?

우리는 함께
낯선 강아지를 만졌다
그리고
아무도 없는 곳으로
산책을 갔다

나는 알고 있었다
네가 나를
좋아한다는 것을

하지만 모른 척했다
네가 나에게 말해줄 때까지

눈치챈 사람들은 눈치채고
눈치채지 못한 사람들은
눈치 못 챈
서로만이 알고 있는 눈빛

그 무언가

11
정원사

태양이 지던 세상은 늘 밤이었다
밤이 되어버린 세상은 광합성이 부족해 늘 황무지였다

그러던 어느 날 낯선 땅에 정원사가 나타나
꽃을 심고, 물을 주었다
그러자 세상에는
태양이 생겨나기 시작했고
빛과 따스함이 찾아왔으며
꽃이 찾아왔고 노래가 찾아왔다

달이 외로이 잠들던 세상은 이젠 낯선 이야기가 되어
버렸다

12

미스터리

바람 불면 날아가는 민들레 홀씨처럼
가벼운 마음인 줄 알았는데
뒤를 돌아보니 어느새 내 마음은
너로 인해 꽃밭이 되어 있었어

13
달

보름달이 반달이 되고
초승달이 될 때까지
계속해서 바라보는 얼굴

달이 참 너 같다

계속해서
바라보고 싶게 만드니까

<u>14</u>

취향의 이유

클래식을 좋아하는 이유는
기승전결이 있기 때문이다
인디밴드를 좋아하는 이유는
공감 가기 때문이다
록을 좋아하는 이유는
열정적이기 때문이다

그러하듯
내가 너를 좋아하는 이유는
네가 내 취향이기 때문이다

15
고백

그런 생각이 들었어

그럭저럭
살 만하다고
생각했던 일상이,

너를 만난 후부터
재미가 없어지고,
불만이 생기고,
조급해지고,
바보 같고,
애가 타고,
이유 모르게
빈 허공만 바라보게 되고,

어느 순간부터 그렇게 되었어

있잖아,
나는 네가 정말 좋아

그런데 있잖아,
너는 그걸 몰라

그리고 있잖아,
너는 그걸 나중에 알게 될 거야

나 반드시 성공할게, 너를 위해서
그리고 있잖아,
더 나은 내가 될 게
반짝반짝 빛나는 너에게
그 누구보다 어울리는 사람이 되기 위해서

좋아해,

내가 가장 아끼는 솜이불보다 더.

사랑이 꽃피는 순간들

chapter 4

사랑과 낭만 2

불협화음

사랑은
불규칙한 멜로디

앞으로 가다가
옆으로 삐끗
또 앞으로 가다가
옆으로 삐끗

그렇게 눈 맞으면
우리는 손을 잡고
그렇게 춤을 춰요

02

사치

부자가 되면 제일 하고 싶었던 것은, 카페에 있는 조각 케이크를 전부 사 먹는 것이었다. 달콤하지만 금방 사라지는 것만큼 사치스러운 게 없기 때문이다.

그러나 나는 오늘도 사치를 한다.

영원할 것이라고 믿으며, 말 한마디에 방부제를 조금 섞으며, 사랑을 한다.

달콤하지만 금방 사라지는 것이 여기 또 있었다.

<u>03</u>

몸짓

서정과 도발이
하나로 귀결되는
그날의 밤

서로를 탐닉하듯
어딘가 엉켜있는
단 하나의
아름다운 탱고

우리는
사랑의 리듬에 맞춰
알로하 알로하

<u>04</u>

너

거리의 풍경들이
너와 있을 때면
물이 번진 물감처럼
아무 소용없어져

내 눈에는 오로지
너만 보인다는 걸
너는 아마 모를 거야

너와 우주

눈을 감고
너를 상상하면
무중력 상태로
둥둥 떠오르는 마음들

그 마음들은
한 조각, 한 조각
별이 되어
반짝반짝 빛나고

사랑을 하면
비로소 발견되는

단 하나의 우주

<u>06</u>

사랑하기 좋은 계절

봄바람은 다른 계절과는 다르게
이불처럼 포근하고 솜사탕처럼 달콤하다.

꽃향기가 담겨있기 때문일까, 햇살이 좋기 때문일까?

이유 불문하고 나는 누가 뭐래도 봄이 좋다.

사랑과 가장 많이 닮아있기 때문에.

포옹의 의미

좋아한다는 말보다
더 좋아하고,
사랑한다는 말보다
더 사랑할 때,
언어에는
한계가 있다는 걸 느껴

그럴 때면
너를 껴안는 것 말고는
방법이 없어서

꼬옥
안아주고 싶어

나는 네가 너무 소중해

08
걸음들

마음을 확인하듯
맞잡은 두 손과
수많은 연인

애써 낸 용기를
어설피 감추려는 듯
어딘가를 향해
목적 없이 걸어가고

걸음이 남긴 발자국은
두 손을 오랫동안
맞잡고 싶은
사랑스러운 핑계가 담긴
낭만적인 흔적일 거야

09
온기

너의 손을 잡으면
다정한 온기들이
우리의 주변을 맴돌며
마음껏 헤엄치는 것 같아

10
나쁜 사람, 나은 사람

누군가를 사랑하면
더 나은 사람이 되고 싶어지고
누군가를 미워하면
더 나쁜 사람이 되고 싶어진다

그래서 사람은 사랑할 때
비로소 더 나은 사람이 되어간다.

11
마지막까지

아침이 오면 밤이 오듯
만일 모든 사랑에도 끝이 정해져 있다면
우리 노을처럼 아름답게 빛나기로 약속해요
해가 지기 전 밤에게 주는 마지막 선물은
역시 노을이 좋겠어요

<u>12</u>

이런 모습도, 저런 모습도

힘들어하는 너에게
어떤 말을 건네면 좋을까
고민하다가

힘내라는 말 대신
사랑한다고 말해주었네

그런 모습까지도
사랑한다고

너의 어둠을 온전히
안아주겠노라고

13
동의어

사랑과 의리가 동의어라면
이별하는 사람들이 조금은 줄어들까?

<u>14</u>

너무 커도

여백 없이
빽빽하게 채워져 있는
당신의 사랑

그래서 오히려 보이지 않던
당신의 마음

어리석게도
멀리서 보니, 보였어

뒤늦게

<u>15</u>

약속

작은 조각배를 타고
아무도 없는 섬으로
멀리 떠나자

잔물결이 일렁이고
비바람이 몰아치고
바다에 빠진다 할지라도

그곳은 아마도
우리를 조금 더
강하게 만들어 줄 거야

예술을 빼놓고 낭만을 논하지 말라

chapter 5 ...

예술과 낭만

무제

   예술은 고뇌와 우울의 산물입니다. 하나의 작품에 수
십 개의 고뇌가 들어있죠. 고뇌를 극복한 흔적은 인간에
게 감동을 줍니다. 그래서 예술은 아름다워요. 아름답지
않은 세상을 아름답게 느끼게 해줘서, 더 아름다워요.

02
슬픈 이야기

상처를 예술로 승화하면
멋이 될 수 있다
그리고
예술을 좋아하는 이유도
이와 같은 맥락이다

조금 슬픈 이야기다

<u>03</u>

자유

인간이 자유를 갈망하는 건
어쩌면 춤추지 않기 때문일지도 몰라

_모두가 8차선 도로 위에서 춤추기를 갈망하며

<u>04</u>

카페에서

갈색 의자에 앉는다
갈색 탁자에는
커피가 김을 올리며
하품을 하고,
스피커에서는
약간은 낯선 음악과
분주하지만 따뜻한 공기

모든 것이 다 완벽한데,

책 한 권을 가지고 왔으면
더 좋았을지도 모르겠다는
아쉬운 마음

커피가 하품을 한다
새하얀 김을 올린다

<u>05</u>

Canvas(Genesis 1:10)

비어있는 캔버스를 바라본다. 마음이 가난할 때는 공허함에 겁나고, 마음이 풍족할 때는 가능성에 설레는 새하얀 캔버스.

마음에 따라서 선을 그린다. 물감을 찍어, 색을 입힌다.
나는 파란 바다를 그리고 싶어요. 아름답게 물들이고 싶어요.

하나의 세상이 완성되었다.

그것은 하나님께서 보시기에 아주 좋았다.

06
허기

마음에도 허기가 있나 보다

책 한 권 읽고 나면
마음이 이렇게 든든해지는 걸 보니

간단한 영화평론_ 인투 더 와일드

실화를 기반으로 한 영화 <인투 더 와일드(2007)>의 주인공은, 초반부에 이렇게 말한다.

"자연 속에 파묻혀 살고 싶어!"

주인공의 순진함에 웃음이 나온다. 그러나 주인공은 후반부에서 이렇게 말한다.

"자연 속에 완전히 갇혀버렸어!"

같은 상황에서 대비되는 주인공의 모습이 인상 깊다. (결말은 더 인상 깊다.)

<u>08</u>

우울의 이익

우울한 건 싫은데
우울해야 글이 잘 써진다니
우울만이 유일하게
창조에게 손을 뻗는다
기꺼이 우울을 택한다

비극이자 희극이다

빨간 머리 앤

마릴라 아주머니는, 빨간 머리 앤에게 이렇게 말했지.

낭만을 완전히 버리지는 말라고,
세상을 살아가려면,
조금은 낭만적인 게 좋다고.

앤아, 나의 빨간 머리 앤아.
예쁘지는 않지만 사랑스러운, 너의 무모한 낭만이 좋아.
가끔은 정말로, 그렇게 살아도 괜찮아.

정말로 괜찮아.

<u>10</u>

언어들의 언어

너를 만난 후
모든 언어가
각기 다른 리듬과
각기 다른 색이 되어
넘실넘실 춤을 추었고

우리는 그것을
한 편의 시가 되었다고 말한다

11

사랑과 와인의 공통점

이따금 사랑이 하고 싶다는 충동이 들 때, 와인을 마셔라.
왜냐하면, 와인은 사랑과 많이 닮아있기 때문이다.

1. 취한다.
2. 달콤하다.
3. 심장이 두근거린다.

사랑이 하고 싶다면, 와인을 마셔라.
(로맨틱한 영화를 틀어놓고 마시면 더 효과가 좋다.)

12

피아노 위를 걷는 여자

우울할 땐 렌타시모
행복할 땐 지오코소

사랑할 땐 콘 센티멘토, 마 논 트로포

13
작가가 되기로 한 계기

사랑보단 외로움을 쓰는 것이 익숙했고,
시작보단 이별을 쓰는 것이 익숙했다.

그러나 사랑에 대한 글을 쓰기 시작했을 땐
정의할 수 없는 감정들을 달래고,
질책하고, 위로하고, 설득하고
많은 에너지를 쓰며 글을 쓰기 시작했다.

내가 너에게 책을 선물한 게 아니야,
네가 나에게 책 한 권처럼 다가온 거지.

너를 헤아리는 수만 해도 수백 권은 될 것 같아.
정말로 그렇게 될 것만 같아.

시공간을 초월하는 유일한 힘, 상상력

chapter 6

상상과 낭만

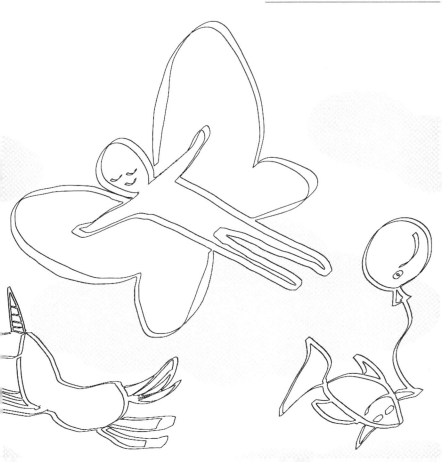

01

상상 여행

만일 하나의 섬에 원하는 것을 마음껏 놓을 수 있다면 나는 일단 너를 데려올 거야. 그리고 벚꽃 나무가 깔린 길에 주택을 지을 거야. 그리고 강아지, 토끼, 고양이, 새, 사슴, 여우를 놓을 거야. 정말 귀엽겠지? 그리고 술 폭포도 놓을 거야. 그래서 고주망태가 되도록 술을 마실 거야. 아! 레몬 나무도 있으면 좋겠다. 레몬을 짜면 사이다가 치익- 하고 나온다? 맛있겠지? 이왕 만드는 김에 솜사탕 나무도 있으면 좋겠어. 지나갈 때마다 하나씩 뜯어 먹는 거야. 그리고 가끔은 구름을 반죽해서 하늘에 띄우고 싶어. 말 모양, 돌고래 모양, 하트 모양, 별 모양 등등 정말 귀엽겠지? 그 사이로 하늘을 날고 싶어. 그래, 하늘을 날 수 있는 날개를 만드는 게 좋겠다. 날개를 달면 바람을 타고 어디든지 날아갈 수 있을 거야! 아, 눈이 오면 또 얼마나 멋질까? 눈을 보고 싶을 때는 날씨를 조절할 수 있는 기계를 만들어서 온 세상을 하얗게 만들 거야.

그리고 황홀할 정도로 빛나는 오로라도 볼 거야. 너와 함께 별이 빼곡하게 박힌 밤하늘도 바라볼 거고.

　우리 맑은 호수에서 작은 조각배를 타는 게 어때? 이 때는 노래하는 새가 있으면 좋겠다. 그리고 춤추는 풀도 같이 놓자. 얼마나 귀여울까? 이거 말고도 또 있어! 응? 뭐라고? 왜 이렇게 많냐고? 에이 왜 그래, 상상은 시공간을 초월할 수 있어서 좋단 말이야. 뭐라고? 말 좀 그만하라고? 싫어. 나는 10페이지가 넘도록 얘기할 수도 있단 말이야. 뭐라고? 실제로 일어날 일도 아닌데 뭐 그렇게 많이 얘기하냐고? 우리는 모두 상상을 제대로 하는 훈련을 해야 해. 눈에 보이는 것 '만' 느낄 수 있다면 삶이 너무 팍팍하잖아. 그러니까 마음 열고 들어봐. 뭐라고? 이번엔 네가 얘기해보겠다고?

　그래, 얘기해봐. 너는 그곳에서 무엇을 놓고 싶니?

02
소망

그림자야,
내가 아주
깊은 잠이 드는 날
창문으로 빠져나와
한 줄기 빛을 가져다줘

03
그림자의 답장

미안해

빛을 온전히
품을 수 없어서

하늘 물고기

언젠가 그렇게 말한 적이 있지
하늘이 바다 같고
비행기가 물고기 같다고
우리 이제부터 비행기를
하늘 물고기라 부르자고

나는 상상했네

구름을 가르고 헤엄치는 상상
새와 함께 경주하는 상상

상상 속에서만 가능한

모든 상상

05
닭은 점

갈매기를 보았네

날개와 다리를 떼니

고등어를 닮았네

숨바꼭질

오늘도 시작된 숨바꼭질

꼭꼭 숨어라
머리카락 보일라

행복아 어디 있니?
너는 가끔
짓궂은 어린아이 같아

"못 찾겠다. 꾀꼬리"

드디어, 찾았다

구석구석 숨어있는
나의 행복

교통수단의 발달

새는 하늘을 날고
사자는 땅 위를 달리며
물고기는 바닷속을
헤엄치지만

사람은
물고기도 될 수 있고
새도 될 수 있고
사자도 될 수 있다네

웃음 도둑

웃음 도둑
넌 도대체 누구니?

누가 내 웃음을
하나둘씩 훔쳐 갔니?

아, 거기 너였구나.

잡았다, 근심.

더 넓은 세상으로부터의 낭만

chapter 7

여행과 낭만

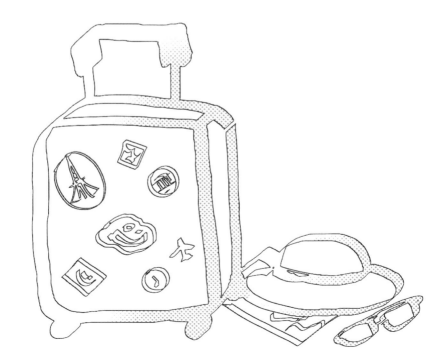

01
단순함의 충만함

회사에 다니던 중 4일이라는 휴일이 생겼다. 첫째 날은 밤새도록 글을 썼고, 둘째 날도 밤새도록 글을 썼으며, 셋째 날은 나홀로 국내 여행을 다녀왔다. 둘째 날에 썼던 글이 통째로 날아가지만 않았어도 이렇게 급작스럽게 여행을 떠나지는 않았을 것을…

하지만 그날은 너무나도 분한 나머지 당장이라도 떠나야 할 것 같은 갑갑함이 들었다. 열심히 썼던 글이 날아가다니, 믿을 수 없었다. 휴가 도중 절망을 맛본 나는 방 안에서 한바탕 절규의 비명을 질렀…진 않았고(새벽 1시에 그러기란 쉽지 않았다.) 대신 인터넷 검색을 하기 시작했다. 사람이 화가 나면 '눈에 뵈는 게 없다'라고 표현하지 않는가? 그 말은 우스갯소리가 아니었다. 분노라는 녀석은 생각보다 큰 에너지였다.

'나 홀로 여행'

'나 홀로 국내 여행'

'바다 여행'

'겨울 바다 여행'

미친 듯이 검색을 하고 나니 적절한 장소가 눈에 들어와 곧바로 근처의 호텔에 전화를 걸었다.

"여보세요. 내일 숙박하려고 하는데요…. 네? 8만 원이요?"

속으로 비싸다고 생각하던 찰나, 숙박업소 아저씨가 이렇게 말했다.

"네. 원래는 8만 원인데, 예약하면 5만 원까지 깎아줄 수 있어요."

호텔 주인아저씨의 밀당은 실로 대단했다. 그렇게 나는 그 자리에서 바로 오케이를 했다. 이렇게 무계획적이고 충동적인 결정을 한 건 정말 오랜만이었다. 이런 결정에는 많은 위험요소가 따르기 마련인데, 아나나 다를까 엄마조차도 나의 이런 결정을 걱정하기 시작했다. 왜

냐하면, 그날은 비가 온다고 예보되어 있었고, 지역의 특성상 도로에 물이 들어오고 빠지는 곳이어서, 잘하면 목적지에 도착하는 것조차도 불가능한 상황이었기 때문이다. 그런데 그 말을 듣자 우습게도 나는 이러한 생각이 들었다.

'그렇게 말하니까 더더욱 가고 싶어지는걸.'

하지 말라면 더 하고 싶어지는 청개구리 어린아이처럼 나에게는 무모함이 필요했다. 휴가도 마음대로 쓸 수 없는 회사에서 여행을 갈 기회라고는 (퇴사하지 않는 이상) 지금밖에 없다고 생각했다. 살면서 국내 여행 한 번은 다녀올 수도 있지. 그 정도는 스스로에게 허락해줄 수도 있지 않나? 그래. 솔직히 나 자신, 너무 고생했다! 그치? 안 그래? (여행을 결심하면 이렇게 없던 자기애까지 생긴다.)

아무튼 결론을 말하자면 그날은 비도 오지 않았고, 도로에 물이 차지도 않았으며, 생각보다 잘 놀고, 잘 먹고 왔다. 여행을 다녀오면 어쩐지 세련된 깨달음을 얻고 와야 할 것 같은 압박감이 있는데, 사실 여행은 그냥 '그

자체'에 의미가 있다.

일상에서 벗어나면 나의 세계는 넓어진다. 세계가 넓어지면 더 많이 걸을 수 있고, 더 많은 것을 볼 수 있으며, 더 많은 것을 느낄 수 있다. 여행의 의미란 그뿐이며, 그 외에는 그저 부가적인 것이다.

그렇다면 사람들은 이토록 단순한, (사실 본질을 놓고 보면 별거 없는) 여행을 '왜' 가고 싶어 하는 것일까? 여행의 동기는 호기심과 의욕이 동반된다. 이것을 가진 자나 혹은 가지고 싶은 자는 여행을 결심할 확률이 높다. 나 또한 일상에 대한 의욕을 잃었을 때면 자연스레 "여행 가고 싶다"라고 말한다. 반대로 일상에 대한 의욕이 지나치게 넘칠 때도 "여행 가고 싶다"라고 말한다. 여행은 그런 것이다. 여행에는 그 어떤 가치판단도 개입되지 않는다.

다만 여행을 떠나고 싶은데 많은 고민이 든다면, 왜 그런지 깊게 생각해보라고 말하고 싶다. 그리고 그 이유가 알고 보니 별거 아닌 이유였다면, 떠나도 좋다고 말하고 싶다. 고민과 불안은 낭만을 단숨에 앗아간다. 이미 오랜 시간 동안 고민하지 않았는가? 이제는 너무 많은 고민을 하며 살아가지 않았으면 좋겠다. 단순 명쾌함이 주는 낭만은 생각보다 훨씬 아름답다.

"마침내 나는 일어섰다. 그리고 한 발을 내디뎌 걷는
다. 어디로 가야 하는지, 그리고 그 끝이 어딘지 알 수
는 없지만, 그러나 나는 걷는다. 그렇다, 나는 걸어야만
한다."

<알베르토 자코메티, 1901~1966>

02
경험자의 조언

사는 것이
의미가 없다고 느껴질 땐
여행을 가거라.

여행을 가면
구름 한 점
바람 한 점조차도
의미 있게 다가온단다.

그리고 깨닫거라.

일상에서도
여행자의 마음을 가지면

사소한 것에도 의미부여를
할 수 있다는 것을

<u>03</u>

짐

짐을 싸고
나는 떠난다

짐을 벗어 던지러

04
비행기

살아생전 처음으로
비행기를 다 타보네

비행기를 처음 타던
어머니가 하던 말이었다.

05

유채꽃밭

바다만큼 넓은
제주도의
노란 유채꽃밭

너를 보는 순간
텅 빈 마음속에
활짝,
피어나는 무지개와

잠을 자던 꿈들이
화사하게
깨어나는 순간

햇살의 안녕을
노래하는

흰나비들의 펄럭임

봄이구나,

그래, 봄이야.

06
기차 안

덜컹덜컹,

참 좋다, 경치가.

<u>07</u>

여백의 묘미

오늘 하루는 과연 일로 채워질까?

08

낯선 아침

하루란, 무엇이 들어있을지 모르는
택배 상자를 개봉하는 일처럼
약간은 잔혹한 랜덤 게임
두려움과 기대가 한배를 탄다

특별한 날의 택배 상자는
포장지로 덮여있다
그리고 우리는 그것을
'선물'이라 부른다

선물 같은 하루를,
리본을 풀며
조심스레 개봉한
낯선 곳에서의 낯선 아침

그것이 여행에서의 첫날이었다.

<u>09</u>

걸음의 미학

　한 발자국, 두 발자국, 세 발자국, 그저 발을 떼는 것
만 반복했을 뿐인데, 앞으로 나아가는 일은 생각보다 너
무나도 쉽고 단순했다.

<u>10</u>

겸손

세상은 내가 앉으면
절반은 가려지는
작은 행성인 줄 알았는데,

알고 보니 세상은
개미가 바라보는 인간보다
훨씬 크고 넓은 곳이었어

11
생각나는 사람

아무리 맑고 투명한 바다가
넘실거리며 날 유혹해도,
너에게 흠뻑 빠지는 것만큼
달콤하지는 않지

가장 낯선 곳에서
가장 익숙한 너와 함께
충만한 행복을 느끼고 싶어

그래, 별거 아니야

그냥 네가 생각난다는 말이야
그냥 네가 보고 싶다는 말이야

그러니 나중에 같이 오자,

꼭 그래야만 해

12
자전거

바퀴를 굴리면
후드득,
귓가를 관통하는
바람 소리
약간은 격한
포옹으로
바람을 맞고

짠 기 가득한
바다 냄새
한껏 들이마시면

행복을 맞이할
완벽한 준비가 되었다

그래, 내리막길이 나올 땐
반드시 발을 떼고 내려가야지

13
마음

제주도에서 맑은 바닷물을 본 적이 있다. 내가 봤던 바닷물 중에서 가장 맑았던, 그래서 조금은 인상 깊었던, 그런 바다였다. 같은 바다임에도 불구하고 속이 투명하게 비춘다는 이유만으로 아름다움을 느낀다는 건 조금 신기한 일이다. 이유는 모르겠지만 어쩌면 사람의 마음도 불순물 없이 투명할 때가 가장 빛나고 아름다울지도 모른다. 사랑하는 사람이 생기면 가장 투명한 진심을 내보이고 싶듯이, 사람의 마음은 불순물이 없을 때 가장 아름답다.

자, 이것 좀 봐. 예쁜 조약돌과 넘실거리는 해초를. 나의 예쁜 마음들을.

바닷물에 손을 넣어 가장 예쁜 조약돌을 꺼내준다.

그리고 우리는 이것을 고백이라 부른다.

<u>14</u>

여행자의 마음가짐

일상에서 여행을 떠나는 기분을 느끼고 싶다면
익숙함에서 새로움을 발견하면 된단다

안녕? 오늘은 새싹이 돋아있네
안녕? 오늘은 열매가 있구나
안녕? 새로운 음식점이 생겼네

예리한 관찰력으로 일상을 탐구하면,
여행을 가지 않아도
매일매일이 여행이 될 수 있단다

15

밤바다

모두가 파란 바다를
기억할 때
나는 밤바다를 기억한다

밤하늘에는
빛나는 것들이 많았지만
밤바다에는
그런 것들이 없었기에,
밤하늘보다 밤바다가 더
새카맣다는 걸
이제야 알게 되었어

심연으로 들어가
어둠을 마주한다
마주한 모든 것들은

자갈에 부딪혀
차가운 소리를 낸다
너무 짙은 것들은
일렁이는 잔물결조차
보이지 않는다
움직이고 있지만,
홀로 멈춰있다는 듯이
등대의 외마디 비명만이
고요히 들리는 곳
한 줄기 빛만이 깜빡, 깜빡
마치 구조요청을 하는 듯,
절규 어린 손짓

나의 마음을
대신해서 비춰주는,
나의 위로가 되어주던
유일한 밤의 짙은 밤바다

<u>16</u>

인생이라는 여행

인생이 왕복이 아닌
편도라면 얼마나 좋을까?

인간은 모두 죽습니다.

그래서 죽음은 삶처럼 우리의 일상에 매우 밀접하게 닿아있습니다. 그러나 대다수는 그 사실을 잘 받아들이지 않거나, 깊게 생각해보려 하지 않습니다. 너무 무거운 진실이어서, 또는 생각해야 할 이유를 찾지 못해서일지도 모릅니다. 그러나 죽음에 대한 생각 없이는 삶에 대해 올바른 통찰을 할 수 없습니다. 이별을 겪은 사람만이 사랑을 이해할 수 있듯이, 죽음을 겪은 사람만이 삶을 이해할 수 있습니다. 이처럼 죽음을 받아들이는 건, 삶을 이해하는 것입니다.

삶을 이해하려는 시도는 언제나 옳습니다. 죽음이라는 관점에서 삶을 바라보면 가장 중요한 것만 남기 때문이죠. '나는 죽기 전에 무엇을 가장 하고 싶은가?', '나는 죽기 전에 무엇을 가장 후회할 것인가?' 이 두 가지 질문의 핵심은 '죽기 전에'라는 전제입니다. 사랑하는 사람을 이해해보려는 시도가 없는 사람에게는 올바른 연애가 성립되지 않습니다. 마찬가지로 삶을 이해하려는 시도 없이는 올바른 삶을 살 수 없습니다.

나는 가족의 죽음을 겪었습니다. 그리고 그 사건은 삶의 유한성에 대해 생각해보는 계기가 되었습니다. 죽음은 허탈한 것입니다. 특히 장례식은 슬픔을 온전히 느낄 겨를도 없이 분주하게 진행됩니다. 정말로 죽음은 상상 이상으로 허탈합니다. 그리고 죽음은 상상 이상으로 특별하지 않습니다. 삶에 최선을 다하지 않은 사람일수록, 특별하지 않은 죽음을 맞이합니다. 그리고 이 사실은 저를 한동안 상념에 휩싸이게 했습니다.

이 사건을 계기로 삶의 유한성에 대해 아주 많이 생각하고, 아주 많이 고민했습니다. 그리고 한 가지 결론에 도달했습니다.

인생은 출발지와 도착지가 명확한 여행입니다.

여행하는 사람은 시간을 헛되이 보내지 않습니다. 여행은 시간이 한정된 행위이기 때문입니다. 그러니 너무 많은 것을 고민하고 신경 쓰지 마세요. 인생이라는 여행은 허탈할 정도로 짧습니다. 지나치게 누군가를 미워하지 마세요. 사소한 것에 지나치게 신경 쓰는 것이야말로, 죽음에 대한 이해가 없는 것입니다.

나 또한 죽음 앞에서 후회 없는 인생을 살기 위해 여행자의 마음으로 낭만을 마음껏 즐기고 싶습니다. 그리고 그렇게 인생이라는 여행을 마치고 나면 다시 원래 있던 곳으로 돌아가겠지요.

나뿐만 아니라, 이 책을 읽는 모두가 즐거운 여행이 되기를 바라며

"오늘도 즐거운 여행 되세요. 메멘토 모리!"

누구나 낭만

초판인쇄 2020년 6월 8일
초판발행 2020년 6월 8일

지은이 윤서주
펴낸이 채종준
펴낸곳 한국학술정보㈜
주소 경기도 파주시 회동길 230(문발동)
전화 031) 908-3181(대표)
팩스 031) 908-3189
홈페이지 http://ebook.kstudy.com
전자우편 출판사업부 publish@kstudy.com
등록 제일산-115호(2000. 6. 19)

ISBN 978-89-268-9960-1 03810